한국 희곡 명작선 58

왜 그래

한국 희곡 명작선 58

세상을 향한, 세상 사람들의
세상에서 가장 지랄 같은 속 깊은 소리

왜 그래

高光施皇 (필명) · 임창빈 (본명)

평민사

임창빈

왜 그래

시놉시스 SYNOPSIS

나는 누가 뭐라 해도 대한민국 국민이다. 피부 색깔을 봐도 머리카락 색깔을 봐도 언어도 피도 나를 낳아주신 부모님을 보아도 나는 대한민국 국민임에는 틀림이 없다. 그러나 나는 도대체 대한민국이라는 나라를 모르겠다. 정치, 경제, 사회, 문화, 모두를 다 모르겠다. 조금 더 나아가 나부터 출발해 대한민국 국민들의 의식과 철학과 사상, 모두를 모르겠다. 정말 잘 모르겠다. 속내와 정체성을. 무엇을 위해 무엇 때문에 왜 이렇게 흘러 왔는지 모르겠다. 국민들의 허탈과 수난만 남아 있는 것 같다. 악습과 악폐만 난무하고 공공의 의식이 사라지고 공공적 가치도 없고 만연된 부패와 옹졸한 사회 정서만이 비극적 역사로 기다리고 있다. 사는 게, 인생이라는 게 꼭 무슨 정답을 얻으며 살아가는 것은 아니겠지만 그래도 적어도 사람 사는 곳에는 사람 냄새 나는 이야기들이 있어야 한다고 생각한다. 세상살이 한번인데 가치 있고 정의롭고 따뜻하게 살면 안 되는 것일까? 그리고 더 나아가 정의로운 사회 질서와 누구나 공감할 수 있는 사회적 통념은 유지되고 확립되어야 되는 것, 아닌가 싶다. 사람은 모름지기 배운 사람이든 못 배운 사람이든 의롭게 살아야 죽을 때 웃고 가는 것 아닌가. 그래야만 살아온 사람들도 살아가는 사람들도 또 살아 갈 사람들도 무언가에는 기준이 될 것 아닌가? 법을 준수하고 규칙을 지키며 거기에 준하며 살아 갈 수 있는 것 아닌가? 위아래 할 것 없이 계층과 계급이 없이 누구나. 변하고 진화하고 진보하는 것만이 세상을 아름답게 만드는 것은 아니리라 생각한다. 사회 모두가 부조리하고 지랄 같아 가슴 답답, 머리 복잡하다. 세상은 명예와 권력과 재력만을 향해 가고 있다. 서민은, 국민은 울상, 진상, 찌든 만상만 짓고 있다. 하지만 문제가 있으니 답은 있을 것이다. 과연 그 해답은 무엇일까? 반만년 유구한 역사에 반쪽짜리 땅덩어리에 인구 5천만이 촘촘히 살아가고 있다. 매일, 매월, 매해 다사다난하다. 어쩔 수 없이 인간으로 태어났으니 다사다난하게 겪는 삶들이야 응당 인정하고 받아들여야겠지만 이제는 난, 지금은 무언가를 들추어내고 싶은 아주 강력한 분개심과 야욕이 들끓고 있다. 적어도 이것이 "정의입니다"라고 내놓진 못하겠지만 그래도 문제의식을 모두 함께 고민해보고 한시라도 해결할 수 있는 그날을 기약하며 대한민국 국민으로 시민으로서 인간사 힘드니 하늘에 계시는 생존하는 모든 음지의 신들에게 신이 우리 인간을 더욱 질투 나게, 신나고 멋지게 사자후로 고하고 싶은 것이다.

이놈에 더럽고 정의롭지 못한 대한민국 세상, 문제 많다, 라고…….

국가의 최소 단위는 가족이다. 한 가족의 이야기를 하고 싶다. 가장 작은 사회 단위부터 이야기하고 싶다. 결국은 국가와 민족까지

이야기가 될 것이다. 아주 현재, 더 없는 현재의 이야기를 하고 싶다. 2015년 마지막 달랑 한 장 남은 12월, 세상 좋아진 디지털 달력을 보며 나름의 스토리를 펼치려 합니다. 걱정합시다. 고민합시다. 해결합시다. 밝은 미래 물려줍시다. 해 봅시다. 작품의 배경은 포장마차이다. 포장마차라는 공간은 1950년 후반부터 참새구이와 병불로 만들어진 거리의 선술집이었다. 술집이라는 공간은 음식에서 믿음과 신뢰가 있고 술잔을 부딪치며 하는 대화 속에 끼리끼리 소통과 배려가 있다. 덤으로 사람끼리 나누는 정도 묻어 있다. 맛있는 음식 앞에서는 양반도 상놈도 없는 것 아닌가. 지난 수십 년간 대한민국 사회 내에서 일상적이면서 주변부적인 정체성을 띤 존재로 거리에 자리하고 있다. 도시, 서민, 밑바닥, 길거리라는 관련어가 자연스럽게 따라 붙는 것처럼 다채로운 풍경의 역사를 가진 장소이다. 포장마차를 드나들면서 포장마차의 존재를 구성했던 사람들이 누구였는지 그리고 무슨 소통들을 사자후로 뺏어 냈는지 밝혀 볼 작심이다. 그리고 시대와 역사를 대변해 다가 올 밝은 대한민국을 기대하며 오늘도 난 맛난 국물의 연기가 솔솔 피어나는 포장마차에 앉아 소주잔을 들어 보려 하고 있다. 시대와 종교와 인종과 지역을 넘어 근시대 이야기의 화수분 같은 장소, 역사의 장소, 포장마차 이야기에 들어가 보자. 그리고 포장마차에 기대어 민족과 시대를 반성하고 모두가 즐겁게 앞날을 기대해 보자.

대한민국 국민 모두가 행복해야 할 권리가 있기에…….

등장인물

포장마차 여주인
포장마차 주인할머니 아들
노숙자
샐러리맨
술꾼
남자 손님
여자 손님
고등학생 손님1 (샐러리맨 아들)
고등학생 손님2 (샐러리맨 아들 친구)
술집 여 손님1
술집 여 손님2
그 외 다양한 군상들 (거리의 버스킹 남녀들. 데모대 녀, 데모대 선배(기자 역), 아들 여자친구, 전투경찰1, 2, 창씨개명 자, 보부상, 일본순사, 일본 앞잡이, 할머니 딸A, B, 등등 모두 1인 多역, 멀티 역들을 대신한다)

1장. 포장마차의 시작과 오프닝

서울 어딘가에서. 한적한 곳에 자리하고 있는 낡은 포장마차다. 멀리 아래로 보이는 불야성을 띄우고 있는 도시 풍경이 보인다. 축축이 가랑비가 내리고 있다. 버스커들이 노래하며 포장마차의 오픈을 기다리고 있다. 노래를 한다. 거리의 노래하는 이들이다. 사이, 노숙자가 나와 포장마차를 펼치고 있다. 버스커들이 공연 시작의 안내 멘트와 주의 사항을 알고 퇴장한다. 이내 포장마차 주인으로 보이는 할머니가 우산을 쓰고 들어오고 있다.

할머니 (다정히) 오늘은 오랜만에 비가 오네? 쏟아지려면 시원하게 내리던가! (노숙자에게) 수고했어~~~

포장마차 안에서 분주히 할머니는 그날의 기본안주를 준비하고, 빗소리. 포장마차 안에 혼자 앉아 있는 할머니, 노숙자가 슬금슬금 여기저기 눈치 보며 포장마차를 나가려 한다. 배가 아주 고픈 모양이다. 차림새가 누가 봐도 노숙자지만 생긴 건 멀끔하다.

할머니 비도 오는데 어딜 가려고. 가랑비에 옷 다 젖는 거야. 감기 걸려. 이리와 앉아. 날이 궂어서 그런가, 손님이 늦네. (어묵 국물을 어묵과 함께 떠 준다) 밥은?

노숙자 비가 와서 늦어서 못 먹고 왔어요. 씨불 새끼들 가져온

거 다 남겨 쳐 가지고 가요. 더 안 줘요. 지들이 다 챙겨 먹어요. 쥐 털만큼 주고 박수 받고 가요. 씨불. 배고픈데. (국물 원샷 한다) 맛있다. 최고, 최고, 목이 따끔하고 배가 금방 차요. 히힛…… 또 금방 고프고, 흥흥. 씨불. 내일은 아침 일찍 청량리로 가려구요. 거기는 먹고 싶은 대로 먹을 수 있대요. 사람도 별로 없고. 내일은 꼭 청량리 가려고요. 청량리. 한두 시간이면 가는데. (일어나 신나게 뛰어가는 시늉을 한다) 전철 탈까!! 2호선인가…… 할매? 청량리 2호선 맞죠?

할머니 난 잘 모르지. 사람들한테 물어봐.

노숙자 네?

할머니 사람들한테 몇 호선이냐고 물어 보고 가라고.

노숙자 아이. 씨불. 다 피해. 인상 쓰고. 소리치고.

할머니 (물끄러미 쳐다 본다) 으이구.

노숙자 아니에요. 맞아, 2호선. 정확해. 확실해. 내가 옛날에 2호선 노선 다 외우고 다녔으니까. 그러니까 왕십리, 한양대, 뚝섬, 성수…… 그리고 음……그래 용답, 신답, 청량리. 맞다. 아하하하 맞아. 그러면 내일은 전철이다. 앗싸…….

밖에서 남녀 한 쌍이 우산 하나에 사이좋게 들어온다. 맞선남녀이다. 남자는 여자에게 잘 보이기 위해 재미없는 위트를 마구 날리는 인물이다. 더럽게 재미없다. 센스도 없다. 누가 봐도 허세남이다.

여자는 자신의 이미지를 숨기기 위해 내숭을 떨고 있다. 노숙자 빠르게 어묵 국물 통째로 들고 옆문으로 나가 벤치에 앉는다. 자신의 거처가 포장마차 옆에 있다.

남 여기에요, 괜찮지요?

여 네.

남 (무대로 들어온다) 들어가죠.

할머니 어서 오세요? 왔어? 비도 오는데 춥지?

할머니 (어묵 국물 뜨고 있다) 요즘 자주 오네.

남 네. (약간 당황) 네. 뭐 드실래요? 술은? 참처럼?

여 전 뭐, 아무 거나요.

남 입술.

여 네?

남 여기 똥집이 진짜 맛있어요. 똥집 괜찮으세요?

여 네.

남 이모님 여기 똥집요. 술부터 주시구요. 참 술은 참처럼 괜찮으세요?

여 전 뭐 아무 거나요.

남 입술? 이모님 이슬이 하나요~ 주량은…… 술은 좀 하시죠?

여 네?! 아니요. 전 술 냄새만 맡아도 취하는데…….

남 귀여워요. 여자가 술이 너무 안 취해도 좀 그렇죠.

여 네?

남 아, 술을 너무 좋아해도 문제라고요. 하하.

남 참 사시는 곳은?!

할머니 여기요

남자 여자 웃는다.

남자 여긴가 봐요.

여 잠시만요. (능수능란하게 소주병을 기교 있게 흔들며) 해 보고 싶었어요.

남 엉뚱해요. 한잔 받으세요.

남 혹시 이상형 있으세요?

여 아니 전 뭐, 그쪽은요?

남 저는 작고 귀여운 여자요. 그쪽처럼. 푸하하하. 자 건배!

여 (건배하고 원샷 한다) 어머, 써……. (염 입술로 술기운 뺀다)

여 아. 소주 냄새를 안 맡으니까 들어가네요.

남 엉뚱해요.

남자, 테이블을 닦는다.

여 참…… 섬세하신 분 같아요.

남 네? 뭐 자상하고 세심하다는 말은 종종 듣습니다. 그래서 별명이.

할머니 똥집. 여기 똥집 나왔어요. 맛있게 드세요.

여자 웃는다.

여　　어머! 비주얼 미친다. 정말 맛나겠는데요.

남　　드세요. 맛은 더 죽입니다. (젓가락으로 똥집 먹여 주려 한다)

여　　잠시만요, 잠시만요. (사진을 찍는다. 당황하는 남. 안주도 찍고, 자신도 포즈를 취하려 한다) 죄송한데. 저도 한 장만 찍어주세요.

남, 녀 안주와 사진을 찍어 대고 있다. 포장마차 밖, 두 남자 학생인 듯 서성이고 있다. 고등학생들이다. 포장마차에는 고삘2만 들어와 있다. 비는 그쳤지만 우산들을 들고 있다.

고삘2　　빨리 안 와? 야, 죽는 게 쉽냐. 죽는 게 쉬워? 죽을힘으로 살아 이 새끼야. 너 때문에 내가…… 하…… 들어와 한잔하게

고삘1　　나 술 잘 못…….

고삘2　　야?! 술 못해? 죽을힘으로 마셔. 죽을힘은 있고 술 마실 힘은 없냐? 들어와 이 새끼야 내가 너 술로 죽여줄게

포장마차 들어간다.

고삘2　　이모 똥집하고 소주 하나 주세요. 우선 오이하고 당근 먼저 주고.

할머니 (고삘1에게) 어서 오세요? 편하신데 앉으세요.

남 제가 먹여드릴게요. 똥집은 원래 먹여줘야 맛있거든요 아~ (여자 입으로 안주 먹어주려 한다)

여자를 주려다가 자기 입으로 가져간다. 한 번 더 똑같이 여자에게 장난을 친다.

남 드릴게요. 아~ 소주 한잔하세요.

고삘2 마셔, 새끼야. (고삘1, 안주를 집어 들려 한다)

고삘2 먼저 행동하지 마라. (고삘1, 내려놓는다)

고삘2 (탁자를 치면서) 너 때매 시발 부장새끼가, 후…… 너 그 부장새끼한테 하나부터 열까지 다 얘기했더라. 정보원이냐? 내가 그 새끼한테 당한 거 생각하면…… 시발 나한테 왜 그래? 그 부장새낀 내가 죽인다. 아, 부장새끼 그걸 어떻게 죽이지…… 근데 부장이 너 너무 자주 부르더라. 너 부장이랑 사귀냐?

여 사기 치지 마세요~

남 진짜예요~

고삘1 오해야.

고삘2 사귀냐고!

여 사기 치지 마세요~

남 진짜라니까요~

고삘1 오해라구…….

고삘2 사귀냐고!!

여 사기 치지 마세요!

고삘2 사귀냐고!

남 진짜예요~ 저 진짜 여기 혼자 자주 와요~

여 네? 혼자도 온다고요? 술 마시러?

남 네. 왜요! 여기 혼자 오는 사람들 많아요.

여 (취해) 뭐 나라 잃었어요? 술을 어떻게 혼자 마세요? 순 사기꾼…….

남 음…… 남자는 말이죠…… 가끔 그럴 때가 있어요. (이상한 말로) 쏭뜨로 방뜨로 비 오네! 라촬린스 스에부아~ 도스비도스 디스비아체~

여 무슨 뜻이에요?

남 남자의 고독이란 뜻이죠…… 와인 한잔하세요. (와인처럼 따라 준다)

소주 따라서 건배한다.

여 근데요…… 직업이 뭐예요?

고삘2 제빵사 이 새끼야. 내가 빵 만들겠다. 내가 곰보냐? 맨날 소보루만 먹게. 아, 시발 이것저것 좀 사와.

고삘1 근데 거기는 그 빵밖에 없어.

고삘2 그래? 내가 가서 다른 거 있으면 시발 내가 빵으로 너 죽여줄게.

고삘1 그럼 내가 지금 갔다 와볼까……?

고삘2 먼저 행동하지 말라니까. (응시) 부장이 너 편드니까 아주 너 세상이냐?

고삘1 아이 말도 안 돼.

고삘2 부장이 뭐라디?

고삘1 너 같은 새끼는 우리 집 김장할 때 같이 묻어버려야 한다고 했고, 너 같은 새끼는 눈깔이랑 목젖이랑 뽑아서 저글링 해야 한다고 했고. 그리고 너랑 계속 같이 어울려 다니면 앞날이 깜깜해질 거라고…… 했어.

고삘2 그럼 니가 나랑 안 어울리면 사회 나가서 할 일은 있냐? 니가 하고 싶은 일이 뭔데?

남 (무척 당황해 하며) 백수요. 지금은 그래도 외국어 좀 배우고 있구요…….

여 (큰소리로) 너! 대학원도 나왔다며, 근데 백수야?! 아니다. 그게 중요한 게 아니다, 아니다. 아니야. 내가 더 급하지. 취직을 해야 할지 공부를 더 해야 할지 아님 정말 시집이나 확 가야 하는 건지. 아이고. (크게 한숨)

남 괜찮으세요? 술이 급 취하신 거 같은데…….

여 뭐? 내가 취했다고, 난 안 취했고, 안 취하고, 응? 그래서, 그쪽 직업이 뭔데?

남 네? 직업요?

여 그래. 직업이 뭐냐고?

남 (한숨) 백수요. 지금은 그래도 외국어 좀 배우고 있고, 취직도 알아보고 있고.

여 (큰소리로) 너! 대학원도 나왔다며, 근대. 백수야?! 아니다. 그게 중요한 게 아니다, 아니다. 아니야. 내가 더 급하지. 취직을 해야 할지 공부를 더 해야 할지 아님 정말 시집이나 확 가야 하는 건지. 아이고. (운다) 직업이 뭐냐고? 응?

남 휴~~ 직업은…… 없습니다.

여 (큰소리로) 너! 대학원도 나왔다며, 그럼, 백수야?! 참 골치 아픈 놈이네. 이거. 너희 부모님이 먹을 거 안 먹고, 입을 거 안 입고, 아끼고, 아끼고 해서 가르쳐 놓았더니 응? 부모님 등살 다 빼 먹고, 놀고 있다고. 와 센놈이네. 내가 그래서 결혼을 해도 응? 결혼할 생각은 없지만 응? 애는 안 낳는다. 애가 그냥 크냐?

남 왜 그래요?

여 네?! 취했냐? 벌써 취했군. 직업도 없는 놈이 취했어. 애를 안 낳는다고!!

여자 운다. 남자 한숨 쉬고 고개 돌린다.

고삘1 왜 낳았냐고. 왜 날 낳았냐고. 나 너무 힘들다…… 이렇게 힘들게 할 거면, 책임지지 못 할 거면 낳지 말아야 하는 거 아니냐?

여 그럼, 그럼…….

고삘2 먼저 행동하지 말라 그랬다. 그리고 너 인마 학원 가야 되는데 이렇게 많이 먹으면 어떡해?

고삘1 안 가도 돼. 학원비 밀려서 석 달째 안 가고 있어. 니 빵도 사야 되고…….

남자, 손수건 슬쩍 테이블에 올려놓는다.

고삘2 그럼 너 학원 갈 시간에 뭐 했는데!

고삘1 한강에 있었지.

고삘2 아…… 와…… 너…… 정말…… 이 새끼…… 야. 마셔! (손가락 끼워서 소주 준다)

정적. 여자가 남자 지긋이 쳐다본다.

여 사귈래?

고삘2 너 오늘 우리 집 가서 자자.

여 집에?

고삘1 엄마한테 허락받아야 돼…….

여 허락은 무슨 허락이야!.

고삘2 나가자.

여 그래, 나가자.

고삘1 먼저 행동하지 마라.

여 (남, 황당해 하고 있다) 야?! 뭘 멍 때리고 있어. 계산해. 가게.

노숙자 혼자 키득키득 웃고 있다 그리고 샐러리맨이 뒤에서 지켜보고 있다. 빨간/파랑색이 섞여 있는 넥타이를 옆으로 매고 있다. 모두들 하하하하 웃는다. 여자만 냉랭하게 소주잔을 들이킨다. 큰 웃음소리에 밖에 있던 노숙자가 안을 조심히 들여다본다. 내용도 모르면서 웃는다. 계속 지켜보고 있다. 샐러리맨은 이른 저녁 만취 상태이다. 노숙자 뒤로 와, 같이 포장마차 안을 보고 있다. 노숙자, 인기척에 샐러리맨을 발견하고 놀란다. (샐러리맨 이하 샐맨)

샐맨 재밌어요? 뭐 재미난 거 있어요?

노숙자 (놀라며) 네? (뒤돌아 나가려고 한다)

샐맨 (노숙자 상태를 위로 아래로 살핀다, 가만히 본다) 저기요? 술, 한잔할래요?

노숙자 네? 왜요? 그냥 가세요.

샐맨 술, 한잔 같이 합시다. 제가 살게요. 네? 제가 좀 쓸쓸해서 그래요~~

노숙자 (약간 관심 있는 듯, 하지만 슬그머니 눕는다. 혼잣말) 아휴~ 배고파…….

샐맨 (억지로 끌어당긴다) 일어나세요. 갑시다. 네? 한잔합시다~~~

노숙자 못 이기는 척 샐맨에게 끌리어 포장마차로 들어간다.

할머니 어서 오세요. (노숙자에게 눈짓한다)

노숙자 (고개를 저으며, 어깨로 무슨 영문인지 모른다는 듯 표현한다)

샐맨 앉아요. 괜찮아요. 여기요, 여기서 제일 비싼 것으로다가 주세요. 소주하고.

할머니 (미소 지으며) 네.

고삐리들 나가려고 계산한다.

샐맨 아들!!!!!!!!?

고삘2 아빠?

샐맨 (주변을 다시 확인한다) 너 임마…….

고삘2 아니 학원 가려다가 배가 고파서 국수 먹고 가려고요, 친구랑.

샐맨 뭐? 여기서? (잠시 정적) 너 술 먹었냐? 고등학생이 여기서 술을 쳐 먹어!!

할머니 아이고 고등학생들이었어요? (고삘1 막아선다)

고삘1 (조용히) 할머니 죄송합니다.

할머니 아니고…… 고등학생들이었어? 이거 술 팔면…… 저기요? 부모님이셨어요?

샐맨 네? 네. 제가…… 아이고, 괜찮습니다. 학부형이니까 괜찮습니다.

할머니 네. 그런데 학생들 술 주면 안 되는데. 제가 요즘 애들이 애들 같지…….

샐맨 네. 네 알겠습니다. 잠깐만 근데 여기 보호자가 딱 있는데, 안 될 건 또 뭡니까? 제 아들이라고요. 우리 아들 공부하느라 고생이 많구나. 그렇다고 술을 쳐 먹으면. 가! 얼른 가!

할머니 니들은 다음에 와~

샐맨 잠깐만 다시 들어와 봐, 아들~ 할 얘기 있어서 그래~ 근데…… (고삘2를 보고) 선생님이십니까. 안녕하세요?

고삘2 아빠! 얘는 내 친구요.

고삘1 안녕하세요? 친구는 아닌 것 같은데…….

샐맨 그래, 그래. 친구. 친구 좋지. 친구 잘 만나야 된다. 공부는 잘 하냐? 아니다. 그깟 공부하면 뭘 하냐. 이놈의 사회가 공부한 만큼의 노력을 안 받아 주는데. 그냥 책 읽어. 소설책, 수필 책, 시 뭐 이런 책들. 그게 재산이다. 학교공부는 쓸데 하나도 없어. 알았어? 대학교 가고 대학원 가고 어학연수 가고 그게 다 무슨 소용이니? 취직도 안 되는데. 괜히 돈만 버리는 거야, 이 아빤 너 그렇게는 못 해줘. 그냥 대학까지는 내 보내준다. 근데, 휴~~ 아니다. 너 대학이나 보내줄 수 있을지 모르겠다, 이제는. 니 누나 둘 대학 보냈으니까, 뭐 집안에 대학생 둘 나오면 된 것 아니냐? 응? 아들아? 넌 그냥 사람 되라. 지혜롭고 정의롭고 정직하고 성실한 사람. 그러면 다 돼. 뭐든 된다. 아니다. 고등학교까지는 공부를 해야지 그럼, 해야지. 적어도.

샐맨 그런 의미에서 같이 소주 한잔하자. 의자 갖고 와! 임마,

한잔해 괜찮아. 술은 아빠한테 배우는 거야 난 임마 어릴 때 대접에다가 먹고 막 그랬어. 남자는 엄마젖 떼면 술이야 이리와 자식들아!

고삘2 아빠 저희 갈게요.

샐맨 어디 가게?

고삘2 학원 가야 돼.~

샐맨 그냥 여기 있어. 인마! 갈려면 진즉에 갔었어야지!

고삘2 학원으로 엄마한테 전화 온단 말이야. 지금 가야 돼. 늦어요.

샐맨 엄마? 엄마한테는 내가 전화하면 되지. 잠깐 있어 봐. 자식이. 그냥 있어.

고삘2 아빠? 근데 얘는 어떡하고. 그럼 얘네 집에도 전화해줘요.

샐맨 응? 그래, 너 전화번호 몇 번이야, 어머니?

고삘1 엄마요? 아닙니다. 전 그냥 먼저 갈게요. 전화 안 해주셔도 되요. 야, 그냥 나 먼저 학원 갔다가 들어갈게. 넌 아버님이랑 들어가. 저 먼저 가보겠습니다. (꾸벅 인사)

고삘2 야……! 같이 가야지. 아빠 저도 그냥 갈게요. 집에서 봐요. 네?

샐맨 너 인마, 아빠가 얘기하는데.

고삘2 맛있게 드세요! (뛰어 나간다) 안녕히 계세요. 아빠 이따가 봐요.

할머니 안녕히 가세요. 또 오세요. 아니, 너희들은 이제 그만 오고 나중에, 나중에 와. 참, 그런데 계산은?

샐맨 가. 다 가. 어차피 인생은 혼자라 했다. 씁쓸하다! 가! 다 가! (술, 한잔 들이킨다, 노숙자도 일어나려 한다) 아니 아저씨는 여기 계시고…… 이모님 계산은 제가 합니다. 여기로 달아 주세요. 아저씨 술 괜찮으세요?

샐맨 아이고 냄새 상당하시네. 취하겠네요. 하하하. 괜찮습니다. 술 괜찮지요? 아저씨? 아저씨는 나이가 어떻게 되세요? 이 집은 똥집이 아주 맛있습니다. 통마늘에 들기름 냄새가 아주 죽입니다. 똥집 하나 드시고, 그리고 여기가 또 국수가 끝내줍니다. 국수로 끼니도 하시고 네? 오늘은 날 만났다 생각하시고 양껏 드세요. 이모님?

할머니 네. 갑니다.

노숙자 여기는 멸치 국물을 써요. 대멸치.

샐맨 그렇죠. 국수는 멸치국물이죠. 잘 아시네. 국물을요…….

노숙자 시큼시큼한 쉰 김치를 넣어서 먹을 만해요

샐맨 하하하하 드실 줄 아시네. 그래요. 다른 데는 미원 같은 거 너무 많이 넣어서 뭐 건강식이다. 뭐다 하는데. 거 맛 안 나요.

노숙자 이렇게 큰 통에다가 잡 뼈다귀 넣어가지고 찌꺼기도 둥둥 있고 국물도 아니에요. 전 더러워서 뼈다구로 한 건 안 먹어요.

샐맨 네? 하하하하. 뭘 좀 아시네요. 저랑 대화가 좀 통하시겠네. 이모님 여기 국수도 두 그릇 맛나게 말아 주세요. 쉰 김치 숭숭숭 썰어서요…… 하하하. 제가 28년간 회사를 다녔는데 그것도 한 회사에서만요. 근데요. 이제 나가랍니다. 썩 꺼지랍니다. 어디로 가라는 건지. 참 나, 제가요 저는요, 은행 업무도 동사무소도 단 한번도 가 본 적이 없어요. 어디에 붙어 있는지 가서 뭘 해야 하는지도 모른다고요. 그냥 회사만 다녔거든요. 새끼들 때문에. 새끼들 때문에요, 네? 이건 아니죠, 네?

샐맨 저기요? 잠깐만, 아주 잠깐만 눈 한번 감아봐요? 네? 눈, 눈 감아보시라고, 네? (노숙자 눈을 감는다) 어때요? 까맣죠? 시커멓죠? 그게 대한민국의 미래입니다. 아저씨나 나나 우리 모두의 미래! 지랄 같은 대한민국의 미래요!!!

노숙자 졸린대요.

샐맨 아니 그런 거 말고, 색깔, 색깔이 어떠냐고요? 까맣잖아요. 그렇지요?

노숙자 완전 까맣지는 않고, 진회색인데요.

샐맨 네? 아…… 네 알겠습니다. 남일 같지가 않네. 생활, 많이 불편하시죠. 많이 불편하실 거예요.

노숙자 저는 안 불편한대. 불편해 보이세요, 제가? 저도 대학교 나왔어요. 사대문 안에 있는 명문대요. 졸업도 했고, 결혼도 했고, 자식도 있고, 사업도 했고, (운다) 사업도 망했고, 애들도 보고 싶고, 배도 고프고 그럽니다. (술 마신다) 그런데 왜 그게 불편합니까? 적어도 저는 사기 안 치고 책임지지 못할 말 안 하고 남들 거 안 뺏고 안 훔치고 그냥 삽니다. 냄새가 좀 불편하게 하실 수 있겠지만 저도 그건 불편합니다. 근데 어쩌겠습니까. 이게 최선인데. 세월 죽이는 일이 저에겐 최선인데. 이렇게 멕여 주셔서 감사합니다. 입혀주고 재워주기까지 하면 나한텐 대통령인데…… 저 술 더 마셔도 되겠습니까? 대통령님?

샐맨 네? 말씀 잘 하시네. 여기 이모님? 소주 두 병이요.

할머니 다른 안주해서 샐맨 테이블로 온다.

샐맨 아이고 힘들다. 힘들어요. 사는 게 힘이 무지 듭니다. 그죠?

포장마차 밖 술꾼이 등장한다. 술이 만취가 되었다. 안으로 들어온다.

술꾼 여긴가? 여기 맞지? 맞아. 딱 맞아. 여기야. 들어가자. 안녕하세요?

할머니 어이고 오랜만이네요. 여전히 술은 많이 드셨구만.

술꾼 근데 왜 이렇게 멀리 왔어요? 언제 옮겼어요?

할머니 네?

술꾼 한참 찾아 다녔잖아요. 술 다 깼네.

할머니 또 한참 헤매다 오셨군. 옮기긴 여기서 장사한 지가 몇 해짼데.

술꾼 어, 아닌데. 저번에는 저 밑에 있었는데…… 내가 맞는데…….

할머니 건강 생각해 술 좀 적당히 드셔.

술꾼 그냥 뭐…… 있습니까…… 술이 밥이니, 그냥 끼니 때우는 거죠. 하하하하.

할머니 근데 오늘은 혼자시네. 왜 맨날 같이 춤추시는 분들이랑 오시더니.

술꾼 네, 오늘은 혼자입니다. 혼자가 제일 좋습니다. 귀찮아요. 말들도 많고.

할머니 네. 편한 곳에 앉아요. 술은?

술꾼 쇠주.

할머니 안주는요?

술꾼 안주야 뭐 여기는 똥집 아닙니까. 똥집. 주세요!!!! 똥집, 똥집, 똥집!!!

할머니 네.

술꾼 청양고추 좀 팍팍, 넣어서. 아주 입안 널널하게 해 주세요.

두 테이블 모두 정적이다. 각자들 술만 마시고 있다. 서로 만취상태이다. 할머니의 음식 만드는 소리만 들린다. 멀리 도시의 소음이 잠깐 들렸다 사라진다. 샐맨 노래 흥얼거린다.

샐맨 코스모스 피어 있는…… 정든 고향 역 이쁜이 꽃분이 모두 나와 반겨주겠지~~~ 달려라~~~~ 완행~~

술꾼 (슬쩍 쳐다본다) 노래 좀 하시네요.

샐맨 한참 달려가고 있는데…… 참…….

술꾼 제가 박자 좀 넣어 드릴까?

샐맨 아닙니다. 그냥 드세요. (노래 흥얼거린다) 울고 싶어라~~ 울고 싶어라~~사랑은 가고~ 친구도 가고~ 모두 가~ 왜 가야만 하니~ 왜 가니~

술꾼 7,80년대를 주름 잡았던 콧수염 가수 이남희가 부릅니다. 울고 싶어라!

술꾼 (노래 끼어든다) 떠나 보면 알 거야~ 아마 알 거야~~ 떠나 보면~~

샐맨 저기요, 제가 떠나보면~ 이 부분을 위해 밑에서부터 차근히 밟아왔는데…… 거기서 중간에 끼어들면 어떡합니까…… 니 노래가 있고 내 노래가 있는데.

술꾼 아이 참.

샐맨 떠나 보면 알 거야~ 아마~ 알 거야~ (술꾼 같이 부른다)

술꾼 (눈치 보며 슬며시) 몇 살이세요? 나이가 올해?

샐맨 (위아래를 보며) 나이는 왜요?

술꾼 아니 몇 살이시냐구요? (자기 지갑을 꺼내어 주민등록증을 꺼낸다) 저는요…….

샐맨 아니…… 나이는 왜요? 술 먹을 나이가 안 됐을까 봐요, 제가 좀 동안이긴 하지만 그냥 술 드세요.

술꾼 전 73년 소띠 44살입니다. 몇 살이신데요? 여기요, 봐요. 민증 까 봐요.

샐맨 아니, 제가 왜 당신한테 민증을 깝니까, 예? 이 양반…….

술꾼 이 양반이요…… 아니 노래…… 좀…… 몇 살이신데요? 민증 보이라구요.

샐맨 됐어요. 그만 합시다. 죄송합니다.

술꾼 (또, 눈치 본다) 참 나, 무슨 일 하시는데요?

샐맨 네?

술꾼 하시는 일이 뭐냐구요?

샐맨 아니 왜요? 왜 그러시는데요? 네? 씨발!!!!

술꾼 씨발? 씨발? 씨발!! 그건 혹시 욕? 씨발. 욕이네? 예? 씨발!

샐맨 (슬쩍 빠지며) 이 양반 정말…… 됐어요…… 시비 걸지 맙시다.

술꾼 시비요? 씹이요? 그럼 씨발, 씹새끼? 와…… 미치겠네. 오늘.

샐맨 아이고 참나 씨발, 오늘. 아저씨는 뭐하시는 양반인데?

술꾼 저요? (큰소리로) 오케스트라 기타 치는 사람이요.

샐맨 아하 그러면 기타 치는 사람. 왜요? 그게 뭔데?

술꾼 그래서 내가 같이 좀 노래해 줄라고 했지, 근데 뭘 그렇게…….

샐맨 그래요 근데 기타 치는데 기타가 뭐요?

술꾼 (더 큰소리) 기타리스트.

샐맨 그러면 나한테 어떡하라고…….

술꾼 그래서 내가 노래 보여줄라 그랬지, 근데 뭘 그렇게.

샐맨 아하 그래요. 근데요. 그러면 내가 어떡하라고요!!……

술꾼 내가 kbs 악단 나간 놈. 악단 출신. 내가 유튜브에 나오는 사람이야. 내가 업소에서 오브리 뛰어. 하루에 10만 원씩 벌어서 집에 갖다 줘야 돼. 근데 일주일째 돈 한 푼도 못 벌었어. 당신 5만 원 있어? 5만 원 있으면 줘봐. 주지도 못 할 거면서 …… 참 이 양반이. 일반인은 몰라요. 그래서 내가…… 하여튼 뿔다구가 나가지고. 그러니까 머리가 다 빠지는 거예요. 사람이 좀 이야기를 하면…… 내가 17살 때부터 기타 친 놈이요. 군악대, 문선대. 나이트클럽 안 뛴 데가 없고, 응?

샐맨 근데 내가 그걸 왜 봐야 하는데. 나한테 시비 걸지 말고, 그냥 술 먹고 가라고. (큰소리로) 내가 왜 나한테 왜 그래 정말!!

술꾼 그만 하셔, 아이고 당신하고 나하고 안 맞아, 내가 67년생이요. 올해 50이요. 어디서…… 아이 참 내가 보여 줘야겠네. 에잇 참 나. (주민등록증 꺼낸다)

할머니 아이고 그만들 해.

술꾼 자, 자. 내 나이 (주민등록증 던지다) 73년 소띠 44살.

샐맨 오십? 그럼 나는…… 그냥 가자. 참 나 아이고. 그럼 나는 몇 살일 거 같아?

술꾼 오십 하나둘 먹었겠지 뭐. 뭘 그렇게 따지고, 말이 통하면 좀 사람 이해해 주고 사랑해 주고 그러면 되지.

샐맨 아이고.

술꾼 (큰소리로) 마이클 잭슨한테 춤 배운 사람이야.

샐맨 어디서?

술꾼 저기, 저기 밑에서.

샐맨 아이고 참, 그냥 술 먹고 가셔.

술꾼 가든 안 가든 신경 쓰지 마시고 이거 먹고 가니까. 항상 여긴 방앗간이요. 너무 그렇게 하지 마쇼. 사람 그러면 안 되는 거요. 제 직업이 댄서요.

할머니 그만들 해. 그냥들 드셔.

술꾼 너무 그렇게 하지 마쇼, 하이튼…… 열심히 사쇼요. 악수 한번 합시다.

샐맨 네?

술꾼 고맙습니다.

샐맨 근데 처음 봤는데 내가 동생이야?

술꾼 아니 그러면 까자고, 까자니까, 동생인지 형인지 알지 못하니까, 까도 못하고, 까자니까. 아무것도 못하니까?

술꾼 73년 소띠 44살!

샐맨 난 62년생 호랑이띠. 64년인가?

술꾼 그러면 형이네. 그냥 자체적으로 나보다 더 먹었구나. 어쩌고, 저쩌고 그냥 뺑이나 치고 그냥 엉뚱한 소리만 해쌌고, 자주 봬요. 하이튼 이 형님은.

할머니 그러면 저쪽이 형님이네.

술꾼 아니 그러니까. 내가 형님이라고 하잖아요? 건강하셔.

샐맨 (헛웃음 짓고 있다) 하하하!

술꾼 말씀하셔. 뭔 노래 좋아하셔.

샐맨 아이고 됐어요.

술꾼 아니 누구 좋아하셔, 뭘 좋아하냐고? 누굴 내세우고 싶으시냐고.

샐맨 됐다구.

노숙자 윤수일이.

술꾼 윤수일이? 하여튼 내가 가서 기타 가져올까요? 근데 내 차가…… 어디 있지? 모르겄다. 그럼 숟가락으로…….

노숙자가 먼저 윤수일의 아파트를 부르기 시작한다. 한바탕 포장마차에 찌든 일상을 잊는 듯 신나게 노래를 부르기 시작한다. 모두들 신나게 노래를 부른다. 서서히 암전.

2장. 포장마차의 중간

포장마차 안에는 정적이 흐르고 있다. 한바탕 싸움판이 있었나 보다. 아무도 없다. 할머니가 걸어 들어오고 있다. 뒤따라 노숙자도 따라 온다. 분위기가 심상치 않다. 그 뒤를 술집녀 1, 2가 들어오고 있다.

할머니 (노숙자에게) 수고 했어. 추운데 국수 한 그릇 먹고 가 쉬어. 아이고, 참.

술집녀2 언니 한 잔 먹고 있자! 엄마?

할머니 응. 어서 와.

술집녀1 테이블이 왜 이렇게 지저분해? 손님 많았구나?

할머니 아니 술들 먹고 쌈이 나서…….

술집녀2 싸움?

술집녀1 어머! 난장판이네. 엄마 누가 그런 거야? (같이 치운다)

할머니 아니야. 어여, 앉아. 깨끗한데 저기 앉아. 오늘은 일찍이네. 끝났어?

술집녀1 하여튼 술 쳐 먹은 것들은 다 죽어야 돼.

술집녀1 아니 우리 가게도 싸움 나서 일찍 끝났어. 여기도 싸움 난 거야?

할머니 잘 논다 했다, 내가. 불안, 불안하더니. (노숙자에게) 근데 넌 왜 그 사람 편을 들어 가지고 그 판에 불을 붙이니.

참 너도…… 아니다. 술이 죄지.

술집녀1 왜 싸웠는데?

할머니 아니야, 말하면 뭐해. (깊은 한숨) 휴~~~~! 뭐 줄까? 술은?

술집녀2 그래도 싸움 구경은 항상 재밌어, 그치 않냐? (노숙자에게) 아저씨도 봤어요? 어떻게 싸웠어요? 옥수수 털리고 사다리 다라락 작살나고 앙꼬쨈 찍 나왔나?

할머니 얘. 흉측한 소리 하지 마. 재수 없게.

노숙자 전 잘 몰라요.

술집녀2 아저씨는 여기 안 계셨어요?

노숙자 전 잘…….

할머니 뭘 몰라. 처음부터 같이 있었으면서. 전 잘 모릅니다. 전 모릅니다. 다 봐놓고선 말이라고는 파출소가 그렇게 무서워. 그래도 정확한 사실은 이야기를 해 줘야 시시비비를 가리지. 맞은 놈만 억울한 거야.

술집녀1 엄마도 여기 있었을 거 아니야? 몰랐어? 싸우는 거?

할머니 아니 술들 취해가지고 화장실 간다고 서로 어깨동무 하면서 나갔는데 피투성이가 되어 있잖니, 얼마나 놀랬는지 말려도, 말려도 원, 술 먹은 사람들은 어디서 그런 힘들이 나오는지. 아이고. 됐어, 그만해. 뭐 좋은 얘기라고, 그래도 파출소 가니까 서로 화해하드라. 경찰이 무섭긴 무서운가 보지. 뭐 줄까?

술집녀1 아이 큰 싸움 아니었네, 그럼. 일단 똥집부터 주세요. 소주 한 병이랑.

술집녀2 또 똥집이야, 오늘은 다른 거 먹자. 나 배고파. 오늘 한 끼도 안 먹었어.

술집녀1 미친년, 그래서 테이블에서 안주 그렇게 쳐 먹었냐?

술집녀2 먹긴 뭘 먹어 내가, 과일만 먹었지. 언니는. 과일은 오줌 한번 싸면 끝이거든.

술집녀1 알았다. 엄마 여기 국수도 주세요.

할머니 응, 그래. 국수 먼저 해줄게. 저 아저씨도 국수 먹어야 하니까.

술집녀2 그래 국수 좋다. 근데 언니, 우리 가게 옮길까? 나 정말 이 가게 안 맞아. 손님빨도 안 맞고, 사장도 맘에 안 들고.

술집녀1 왜? 너도 사장새끼가 맨날 부르니?

술집녀2 아니, 뭐 잘못한 것도 없는데 맨날 돈 갚으라고, 얼마 남지도 않았구만, 정말 피를 말려요. 소문 듣자니까. 지 말 안 듣는 애들 일본으로 필리핀으로 보낸대. 한두 명이 아니래. 드런 새끼. 미친 놈. 내가 그렇게 쉽게 보이는 줄 아나. 나한테 그러면 살인나는 거야. 씨발놈!

술집녀1 조심해라. 사장, 선수출신이다. 잔머리가 너보단 몇 치수 높다고. 언니들 얘기 들어 봤어? 지 맘에 드는 애들 자기 방으로 불러서 밧줄로 묶어 놓고 침 뱉고 욕하라 그러고, 또 아이고 됐다. 변태새끼, 그런 새끼는 제대로 꽃뱀 만나서 당해봐야 정신 차리는데. 하여튼 세상은 불공평하다니까.

술집녀2 근데 아까 언니 파트너는 왜 그런 건대?

술집녀1 미친 개 똘아이, 아이 몰라. 개잡놈이야, 나라 밥 먹으면 다 지 세상인가! 자꾸 지 꺼 만져 보래잖아. 됐다고, 여긴 그런 데 아니에요 해도 미친놈.

술집녀2 그래서?

술집녀1 뭐가 그래서야 한번 만져 줬지. 한참 찾았어요. 난 집에 놓고 온 줄…… 참!

술집녀2 하하하하, 남자들이 우릴 가만히 내 버려두지 않는다니까. 남자 없는 세상, 어디 없나. 우리가 예쁘게 태어난 게 죄다! 마시자?!!

노숙자 음…… 할매, 저 그냥 갈래요.

할머니 아니 왜? 국수 한 그릇 하고 가. 추워. 배고프면 더 추운 거야. 먹고 가.

노숙자 아니요…… 그냥…….

할머니 아니 어디 갈 데도 없으면서…….

노숙자 아니…… 그냥…… 저…….

할머니 고집피지 말고 먹고 가. (국수 가져다준다)

술집녀1에게 집에서 전화 온다. 어머니다

술집녀1 (놀란다) 어머! 집이다. 나 잠깐만 여보세요? 응. 엄마. 왜? 일하지. 아직도 안 잔다고, 왜? 바꿔 줘. 여보세요, 응. 우리 아들…… 근데 너 지금 몇 신데 안 자. 엄마가 일찍 자고 일찍 일어나야 한다고 그랬지. 우리 아들 언능 주무세요. 엄마는 좀 더 일해야 돼. 뭐? 아빠는…… 아빠는 외국에 일하러 갔다고 했잖아. 몇 년 더 있어야 오신다고 그랬지. 갑자기 왜 아빨 찾지. 언능 자. 그래, 알았어. 엄마가 내일 아니 내일 모레 놀이동산 데리고 갈게, 응. 말 안 들으면 엄마도 약속 안 지킨다. 그래, 언능 자. 할머니 바꿔 봐. 응, 뽀뽀. 여보세요, 엄마 걔 왜 갑자기 아빨 물어? 아휴, 나 몰라. 그 새끼 어디 있는지도 모르고 어디에 있는 거 알아도 만나고 싶지도 않다고 아이 정말 엄마까지 왜 그래. 돈, 돈 거리지 좀 마.

술집녀2 어, 엄마 무슨 일 있어? 또? 아니 아빠 진짜 왜 그래? 그래서 아빠는. 나야 뭐 그냥 그렇지. 어 오늘 며칠이지? 요즘 일이 바빴어. 곧 부칠게. 나는 아주 잘 먹고 잘 산다고 나는!!!!! 평생을 그놈에 돈돈!

술집녀1 나도 힘들어 죽겠다고, 몰라. 빨리 자.

술집녀2 여보세요? 또 울어? 내일 돈 부칠 테니까 돈 걱정하지말구 꼭 병원 가. 미안해.

술집녀1 왜 무슨 일 있어? (눈치 본다)

술집녀2 아니 언니 왜? 마시자 언니. (소주병에) 힘든 세상 너밖에 없다. 건배.

노숙자 조용히 일어나 나가려 한다. 일어나는데 술꾼, 술주정뱅이가 다시 포장마차로 들어온다. 놀라는 할머니와 노숙자.

할머니 아니 또. 여긴 왜. 집에 안 갔어? 여길 왜 또 와.

술꾼 아니 집에 누웠다가 억울해 가지고…… 이 아저씨 정말 실망이야. 그러지 마시고 이슬 하나만 주세요.

할머니 아이고 됐어. 그만 먹어. 많이 먹었는데 뭘 또 먹어, 술에 원수졌어?

술꾼 그러지 마시고 그냥 주세요.

술집녀2 정말 힘들다. 시발

술꾼 욕하지 맙시다.

술집녀2 네?

술꾼 언어순화 하세요.

술집녀2 왜 그러시는데요?

술꾼 위도 없고 아래도 없고. 여기 윗사람이 딱 있는데.

술집녀1 네? 아저씨 저희끼리 이야기하는데 왜 그러시는데요?

할머니 아이고 참 이 양반 오늘 정말 왜 그러실까. 자 물이나 드시고 가. 시비 붙이지 말고, 또.

술꾼 그러니까 제 이야기는 거기 몇 살이에요?

술집녀1 나이는 왜요?

술꾼 (주민등록증 꺼낸다) 나 73년 소띠입니다. 몇 살이야? 너희들?

술집녀2 참나, 근데 왜 반말이세요?

할머니 아이고 정말. 오늘 가게 문 닫아야겠다. 응, 오늘 손님 때문에.

술꾼 참나. 내가 여성분들이라 봐줬다. 죄송합니다. 근데 욕은 하지 맙시다. 예?

할머니 그래. 그만하고, 너희들도 욕 좀 하지 말고. 여자들이 상스럽게.

술집녀2 아니 근데 왜 엄마는 갑자기. 우리가 우리끼리 얘기하는데 욕을 하든 칭찬을 하든 무슨 상관인데 엄마까지 왜 그래?

술꾼 문제다. 문제. 요즘 세상 문제다 문제. 교육을 어떻게 받았길래. 아이고, 더러운 세상이다. 에이 더러워.

술집녀1 더러워? 더러워? 뭐야? 이, 그지 새끼는. 나, 군대도 갔다 온 여자야!

술집녀2 미치겠다, 정말. 언니 놔둬. 하여튼…….

할머니 (눈치를 주며) 그래, 그래 놔둬. 술 많이 먹었어. (술꾼이 테이블로 온다)

술꾼 아니 그게 아니고, 아름다운 여성분들이 입에서 나오는 말씀이 좀 걸레 같아서, 아니 아니지. 쏘리 쏘리. 그런 게 아니고요. 같이 한잔합시다.

술집녀2 아저씨!!?

술집녀1 아니 근데 여긴 왜 앉으세요. 누구세요?

술꾼 저요? 저는 음…… 술꾼.

술집녀1 네?!!!!

술꾼 아이고 그러지 마시고 같이 한잔합시다. 저기 형님?

할머니 아이고 이 양반 정말 오늘 사고 치겠네. 큰 사고 치겠어. 어여. 일어나요. 아가씨들한테 함부로 그러지 마시고. 얼른요.

포장마차 밖에서 샐맨 다시 등장한다. 콧구멍에 휴지를 꽂았다. 안으로 들어온다. 할머니, 노숙자, 술꾼 놀란다. 술집녀1, 2는 의아해한다.

샐맨 야 세상이 아무리 안 바뀐다 해도 이건 바뀌어야 되는 거 아니냐!

술꾼 네? (자신의 신발을 본다) 이거 뭐야, 뭐가 이리 새롭냐!

할머니 아이고 가지가지들 한다~~~~

신발 쳐다본다. 각자의 신발 한 짝씩이 바뀌어 있다.

술꾼 아이고 형님, 이게 왜. 죄송합니다. 죄송합니다.

신발 바꾼다.

술꾼 아이고, 하여튼, 소주 하나 합시다. 쇠주 주시고~~~

할머니 안 돼. 술은 안 돼. 거기도 그냥 물 한잔 드릴 테니 잠깐 앉았다 가든가.

샐맨 네. 이모님. 뭐든 한잔 주십시오. 세상 답답해서 이 밤을 그냥 보낼 수가 없습니다. 주세요! 술이든 뭐든! 해 지면 갈 곳이 없다~~~~

술꾼 근데 아까 나 왜 발로 찼어?

샐맨 니가 인마 자식아 너가 형한테 이 녀석아 이러니까 그러…….

할머니 춤 선생 일어나. 일어나 나가! (샐맨에게) 선생도 앉으셔. 만나서 쌈박질하지 말고.

술꾼 나간다. 할머니 샐맨에게 물 한잔 주고, 술집녀들에게 국수를 가져다준다.

할머니 아이고, 하루 참 길다. (혼자 테이블에 앉는다. 이놈에 장사, 지긋지긋하다) 아이고!

술집녀1 엄마도 한잔 줄까?

술집녀2 엄마도 술 할 줄 알아?

할머니 술? 아이 됐네. 그 짝이나 맛있게 드세요. 난 뭔 맛으로 먹는지 모르겠어. 막걸리나 좀 마실까.

술집녀2 그럼 막걸리 먹자, 난 막걸리도 좋더라. 엄마 우리 막걸리.

할머니 벌써 한 병 다 먹었어? 찬찬히 마셔, 술도 체한다고. 막걸리?

술집녀2 네. 언니도 괜찮지? 막걸리? 막걸리를 먹어야 아침에 변이 좋다니까.

술집녀1 그래 마셔…… 근데 난 막걸리 먹으면 좀 빨리 취하는 것 같아, 잘 안 맞는 건가.

술집녀2 꼭 소주를 타먹으니까 그러지

술집녀1 엄마도 한잔해.

할머니 그래 오늘은 막걸리 한잔 먹자.

술집녀1 받으시오~~ 받으시오~~ 제 잔 한잔 받으시오. 오래오래 건강하게 사세요~~ 근데 엄마 여기 참 오래 됐다고 했지? 포장마차 한 지 얼마나 됐어?

할머니 여기 포장마차가 글쎄다~~~ 한 100년.

술집녀2 100년? 뻥. 할머니가 몇 살인데? 100살 넘었어?

할머니 뭐? 이 아줌마들이. 100살은. 내가 100살이 아니고 여기, 포장마차가.

술집녀2 이 할망구가 막걸리 한잔에 뻥을 치고 계시네.

노숙자 포장마차에 들어온다. 혼자다.

할머니 왜 혼자야. 그 양반은?

노숙자 화장실에서 자요. 한참 안 나오길래 문 열어 봤더니, 자요. 그냥 저 가래요. 바지 벗고 자요. 그냥 자요. 몰라요, 저 가요. (빠르게 가버린다)

할머니 뭐? 깨워 보내야지. 사람 참. 추운데. 똥 싸다 말고 화장실에서 얼어 죽으려고 환장을 했나. (일어나려 하는데)

술집녀2 엄마? 내가 갔다 올게. 우리 아빠도 만날 술 쳐 먹고 누워 있다니까.

할머니 젊은 처자가 어딜…… 바지도 벗고 있다는데.

술집녀1 그럼 드러운 내가 가야되나?

할머니 이것들이 정말. 내가…….

술집녀1 아이고 원래 오줌 마려웠어. 내가 갔다 올게.

할머니 조심해 술 많이 먹었어.

술집녀2 아이고 네. 네. (나간다. 밖에서) 하, 달 참 밝다!

술집녀1 근데 엄마, 정말 여기 포장마차가 100년 됐다고?

할머니 그렇다니까. 정확하지는 않지만 우리 엄마, 그리고 할머니부터 여기서 했으니까 꽤 됐지…… 그럼. 여기저기 수리를 해 놓아서 그런 거지, 저기 저 안에는 할머니부터 써 오던 물건들이 아직도 있는 걸.

술집녀1 그러면 뭐야, 그럼 나라에서 이런데 뭐 문화재 같은 곳으로 지정해 줘야 하는 거 아닌가. 아님 유적지, 아, 유적지는 좀 그렇다. 하하하.

할머니 뭐? 여기가 이래 보여도, 지금이야 세상이 많이 변해서 그냥 저냥 뜨내기손님들이 오시지만 옛날에는 단골들만 받아도 자리가 없었지. 암. 그리고 세상 시끄러울 땐 사람들이 여간 여길 사용한 줄 알아? 여긴 참 사연 많은 곳이었어. 지금이야 세상 좋아져 낮이나 밤이나 조용하지만 옛날에는 어디 그랬나. 사람들 살기가 다들 힘들었으니까. 그리고 정치도 나라도 뭐가 하나 제대로 된 것이 없었을 때니까 이놈의 포장마차…….

3장. 역사와 함께 한 포장마차 과거1

할머니 이야기 끝에 음향과 조명은 불현듯 변한다. 1980년대로 무대는 바뀐다. 라디오에선 국가 비상사태를 선포하는 방송이 흘러나온다. 놀라는 할머니. 포장마차는 역사의 시대로 간다. 대한민국 과거사가 있던 그 시절, 정확한 시대적 배경으로는 아니어도 왜곡되고 소통이 안 되었던 시절. 픽션으로 만들어진다. 할머니의 늦둥이 아들, 여자 친구에게 부축되어 들어온다. 피투성이가 되어 들어온다. 흰머리 가발을 벗는 할머니, 시대 돌아간다. 술집녀1은 데모대 후배녀가 된다.

아들 (밖에서부터) 엄마~~~! 나…… (들어온다) 나 좀…… 숨겨줘. 빨리…… 빨리!!

데모대 녀 (놀라) 선배!!!?

할머니 아들!! 너 왜 그래? 싸웠어? 너희들 어디서 어떻게 된 거야?

아들 아니, 그게 아니고. 쫓기고 있어. 아마 날 봤을 거야.

할머니 뭐?!

데모대 녀 저도 전경들한테 걸렸어요. 지금 한참을 도망 왔어요.

할머니 내가 너희들 낮에 여기서 작당모의 할 때부터 그렇게 말렸건만, 내 이런 사단날 줄 알았어, 알았다고. 아이 속상해서 정말! 괜찮아? 괜찮냐고?

아들 괜찮아요. 견딜 만해요.

여친 죄송해요 어머니. 선배 괜찮아요?

할머니 됐고, 그러면…… 아이고, 정말로. (약통을 가지러 간다)

아들 (여친에게) 너 뒤로 가서 화염병이랑 우리 책들 그리고 깃발들, 다 치워, 빨리. 우리 봤을 거야. 그리고 너도 빨리 다른 곳으로 가고. 빨리!

데모대 녀 죄송해요 어머니.

아들 시간 없어, 빨리 우리 물건들부터 치워.

할머니 됐고, 너희도 빨리 집으로 돌아가. 얼른. 얘는 내가 알아서 할 테니까.

여친 아니요, 제가 뒤에 있는 거 치우고 갈게요. 정말 죄송해요.

아들 빨리!

할머니 가만 좀 있어, 움직이면 피 더 나오니까!!! 그리고 선배도 좀 깨우고…….

아들 (누워 있던 샐맨 발견한다. 확인한다) 김 선배님? 선배님? (깨운다) 아휴!! (샐맨 일어난다. 데모대 대선배로 분한다. 기자다)

데모대 녀 선배? 선배 많이 다친 거 같은데요. 아무래도 빨리 여길 나가야 할 거 같아요. 전경들 눈치 챌까봐 돌아, 돌아 왔는데 아무래도…….

샐맨 (술 취해있다) 다 끝났다. 나도 너희도 대한민국도……. (데모가 노래를 부른다)

여친 (데모대 녀에게) 저 뒤에 있는 물건부터 치워야 할 것 같아요.

데모대 여 (샐맨에게) 선배? 저랑 같이 가요. (둘이 나간다)

아들 (샐맨에게) 선배님? 상황이…….

샐맨 응? 왜? 이 상황이 뭐? 어때서. 난 포기다. 난, 난 이제 아무 힘이 없다.

아들 선배님? 선배님 정신 차리세요. 이건 아닙니다. 선배님! 선배님?!!!! 지금 전국적으로 데모는 확산되고 있어요. 고등학생들까지 합세되어 모든 시민이 밖으로 나오고 있습니다. 저희는 선배님이 이러시는 이유를 모르겠습니다. 신문사를 들어가시기 전까지 저희에게 무어라 말씀해 주셨습니까? 선배님? 학생들이 경찰의 무차별 발포로 전국 곳곳에서 피를 흘리고 있습니다. 중학생들조차 나와 데모대에 총을 쏘지 말라며 데모대에 가세를 하고 있습니다. 마산에서는 김주열 군 시신이 발견 되었대요, 근데 시신은 눈에서 뒷머리까지 길이 20cm의 미제 최루탄이 박힌 채 참혹하게 발견이 되었다고 합니다. 그리고 데모대를 도운 야당 인사들에게도 테러를 가했답니다. 정치 깡패들을 모아 야당 인사들의 가족까지요, 선배님?!

할머니 그만들 좀 해라, 이제. 선배님도 그러시면 안 되죠. 선배님이 애들 모아 놓고 이거 가르친다. 저거 가르친다 해 놓고선, 이제 와서 왜 맨날 술만 퍼 드시는지, 선배면 선배답게 후배들에게 방향을 알려주시고 끌어주시고 해야 할 것 아닙니까.

샐맨 죄송합니다. 어머니.

아들 앞장서서 선언문을 작성하시고 낭독하시고 우리 모두 일제히 스크럼을 짜고 앞으로, 앞으로 진두지휘를 했던 분은 도대체 어디 있단 말입니까? 자유, 정의, 진리를 드높이자고 한 사람은 어디 있냐, 말입니다. 며칠 밤을 세고 단식투쟁을 하고 나라를 위해 민족을 위해 외쳐야 한다고 한 사람은 도대체 어디 있냐 말입니다. 선배님! 선배님이 자유와 투쟁의 비결은 용기라 하지 않았습니까.

(밖에 있던 여자 후배들 뛰어 들어온다)

여친 선배? 저 밑에 전경들인 거 같아요. 이리 올 것 같아요. 어떡하죠?

할머니 뭐야. 너희들 빨리 여길 도망쳐, 우리 아들은 내가 데리고 갈 테니까, 어서.

데모대 여 네 어머니, 선배님? 선배님 가시죠. 저희와 함께 가시죠.

샐맨 전 여기서 술이나 먹고 있겠습니다. 전경들 오면 제가 다 막고 있겠습니다. 가실 분들은 서둘러 가십시오.

아들 선배님?!!!

샐맨 난 괜찮아. 난 기자라고, 기자. 대한민국의 힘없는 기자. 난 좌익한 적 없고 공산당을 옹호한 적도 없으니 그리고 전경 나부랭이들이 감히 이 나라 기자를 어떻게 할 수는 없지 않겠어.

밖에서 전경 둘이 포장마차 안으로 박차고 들어온다. 곤봉과 총을 들고 있다. 다들 흠칫 놀란다. 벤치에 앉아 있던 노숙자도 의아해

한다. 노숙자는 시대를 거스르고 있다. 밖에서 조용히 이 광경을 보고 있다.

전경1　아, 이 새끼들 여기 있었네, 모두 엎드려!

전경2　이 새끼들아, 너희들 때문에 잠도 못자고…… 뭔 개고생이야! 대가리 박아!

할머니　무슨 일이세요. 여긴 다 제 자식들입니다. 함부로 남의 집에 들어와 이게 무슨 행패입니까? 나가세요, 들. 어서요.

전경2　이 노인네가 미쳤나, (다가오는 할머니 발길질한다)

샐맨, 허탈하게 웃는다.

전경1　당신 뭐야? 공무집행 중이니 마시던 술이나 쳐드셔.

전경2　불온단체 결성과 불법집회 시위단체로 연행한다. 엎드려!!

샐맨　(신분증 내 보이며) 자, 난 신문기자입니다. 술, 한잔 먹고 있는데 꽤나 시끄럽네요. 침략국의 개와 말같이 충성을 다하겠다고 너희들도 혈서로 맹세했나. 권력욕에 눈이 멀어 민중을 짓밟고 헌법을 무시하고 군부독재가 그리 좋냐 말이다. 부패한 친일파와 군사독재의 끄나풀이 되어 나라 밥 먹으니 그리 좋으냐. 배때기 참 배부르것다! 훌륭한 사람들 조작하여 고문하고 병신 만들고 가두고 죽이고 부정부패 밥 먹듯이 해대고 민주주의 만들자고 외치는 민중들 처절한 죽음으로 사람 목숨 개 목숨 되고. 멋있다, 멋있어. 세상 참 살맛나겠다. 그치? 계엄령이 떨어졌다. 그리고 언론이 통폐합 되고 민중도 사라지고 이제는 신에게밖에는 의지할 곳이 없어. 부패와 횡포로 국가는 곧 멸할 것이고. 위선과 조작, 비리, 탄압, 독재의 길로 접어들 것이다. 수구 보수 세력의 승리다, 승리. 건배! 민중의 허탈과 수난만이 남게 될 것이다. 이제 대한민국은 다시 황국식민시대로 역행한다. 비극이다. 악습과 악폐만 난발할 것이다. 만고의 역적이 되어 나는 가노라!! 저 멀리 가노라. 비겁하여 겁쟁이 되어 도망가노라!! 건배!!!!

아들 선배님?!!!!

데모대녀 · 여친 선배님!!!!!

할머니 아이고 이게 꿈이야 생시야 저기요?!! (넘어진 선배와 아들 부여잡고)

전경1 다들 연행해! 모두 끌고 가! (곤봉으로 사정없이 갈긴다. 이때 할머니 딸 당시 고등학교 교복과 가방을 메고 신나게 들어온다)

할머니 딸 (노래 흥얼거리며 들어온다) 엄마~ 배고파요~ 국수 말아 주세요~ 엄마?!!

할머니 안 됩니다. 안 돼요. 내 새끼들 안 돼요. 한번만 살려 주세요. 경찰양반 우리 새끼들 내가 잘 키울 테니까, 한번만, 네? (무릎 꿇고 빈다) 이렇게 제가 부탁할게요, 네. 제가 다 잘 못 했어요. 제가 못 배워서. 한번만…… 한번만요. 나랏일 하시는데 식사는 밥은 드셨나? 제가 여기 국수가 제일 맛있어요. 제가 국수 한 그릇 대접할 테니. 국수 한 그릇 드시고…….

할머니 딸 왜 그래 엄마? 오빠? (전경대에게) 저기요? 무슨 일인지 모르겠는데요. 한번만 봐 주시면 안 될까요? 네? 저희 엄마랑 오빠랑 무슨 죄를 지었는지 모르겠는데요, 그런 사람들 아니에요. 아저씨? 봐 주세요? 네? 아저씨?

전경2 꼬맹이는 저리 비켜, 어서…….

할머니 딸 아저씨?!!!!!!!!!!!!!!!!! 안 돼요!!!!!!!!! (노숙자 슬며시 들어온다)

노숙자 저기…… 할매? 뭐야, 니들…….

전경2 당신은 또 뭐야? 응?

노숙자 아니…… 전…… 저기 밖에서 있는 사람인데요…… 근데, 이건 아닌 것 같은데…… 할매? 일어나요, 네? 아이고 사람들이 이러면 안 되지요…… 여긴 그냥 포장마차인데. 포장마차!!! 네? 술 먹고, 안주 먹고, 이야기하는 곳인데…… 여기서 왜 그래? 도대체가…… 하지 마…… 경찰에 신고할 거야…… 당신들…… 자!! 오늘 장사 끝났으니 다들 나가세요. 할매도 일어나시고. 네!!!!! (전경이 곤봉을 들자)

전경1 이 사람이 정말, 거지새끼, 꺼져!

노숙자 거지새끼? 하하하하. 왜 그래. 난 죄 없는데. 배도 고파

죽겠구만. 시끄러워서 잠도 못 자겠고. 니들이 나한테 밥을 줬어? 술을 받아 줬어? 응? 이런 닝기리들이 한번 해볼까? 씨발놈들이. 덤벼. 다 오라고. 먹은 건 없어도 내가 나라 밥 먹는 놈들은 상대를 해줄 수 있지! 나랏일 하는 새끼들은 내 이가 갈려서 초인적인 힘이 솟아나거든, 태권브이!! 하하하 덤벼!! 여기는 다 정직하게 정의롭게 사는 사람들인데 뭐가 문제야. 세금 내고 땀 흘려 돈 버는 사람들인데 같이 좀 따뜻하게 삽시다, 거. 약자들한테 그러는 거 아니야. 응? 말귀 못 알아듣네. 그래! 그럼 정말 한판 붙어?!! 나한테 덤벼!! 거기, 선량한 시민들은 다 피하시오!!! 모두!! 어서!

이내 노숙자와 전경들 맞붙는다. 실랑이가 벌어지고 아수라장이 된다. 그 틈을 타 데모대 여자와 아들 여자친구는 뒤로 도망치고 전경1은 이들을 쫓아가고 아들도 도망간다. 전경과 노숙자는 포장마차 밖으로까지 나가게 되고, 실랑이 하던 전경은 노숙자를 버리고 도망 간 사람들을 쫓아간다. 포장마차 안에는 선배와 딸만 남겨져 있다. 할머니 앉아 있다. 아들 걱정에 한숨만 쉬고 있다.

할머니 아이고, 못 살겠다, 정말. 이놈의 포장마차를 때려 치워야지 원!!

할머니 딸 엄마 어떡해…… 나 너무 무서워…….

할머니 앉아. 밥은 먹었어? 아직 안 먹었지. 내 국수 끓여 줄게.

할머니 딸 아니야, 됐어. 지금 밥이 들어가겠어. 아저씨? 아저씨 괜찮아요?

할머니 내가 이놈에 공간을 너희들에게 내준 게 실수다 실수야. 뭔 놈에 작당들을 했는지, 이놈에 포장마차 지긋지긋하다. 그냥 다 때려 부술 수도 없고. 아이고. (한숨) 이놈에 포장마차가 문제야. 얼마를 벌겠다고 내가 이 포장마차를 못 버리는지 원. 어머니 살아 계실 적, 그때 다 청산했어야 했는데. 이놈에 포장마차 때문에. 이놈에 포장마차 때문에. (막걸리 가져온다)

손님 한 명이 포장마차에 들어온다. 술꾼이 손님을 대신한다. 손님을 보고 다들 경직되어 손님을 주시한다. 현재와 과거 공존한다. 술꾼이 손님인 듯 보인다.

할머니 딸 누구세요?

손님 누구시냐니요? 어서 오세요? 해야 하는 거 아닌가. 이모나 참이슬 한 병만 줘요.

할머니 딸 오늘 장사 안 해요. 죄송해요.

손님 네? 장사를 안 한다고요. 에이 그러면 안 되지. 딱 한잔만 먹고 갈게요.

할머니 딸 죄송합니다. 오늘 좀 장사하기가 그래요. 다음에 오세요.

샐맨 저기 죄송하지만 오늘은 그냥 가 주셔야겠는데요.

손님 무슨 소리 하는 거야⋯⋯ 거 다음에 오슈!

할머니 딸 아니요. 저기요…….

할머니 아이고 얘, (손짓한다.) 놔 둬. 거기 앉아요. 술 드릴 테니. 한잔 드시고 가셔. 아이고…… 이놈에 팔자…… 이놈에 팔자…….

할머니 딸 엄마?!!

할머니 너도 정신 산란하니까, 어서 집에 들어가고, 오빠 올지도 모르니까, 어서.

할머니 딸 엄마?!!!

할머니 말 들어. 어서. 선배도 일어나시고.

손님 감사합니다. 감사합니다. 휴~~~~ 힘들다. 힘들어. (정적)

할머니 다 부질 없다. 남들에게만 좋게 하면 뭘 하니. 아들새끼 하나 제대로 못 키우는데 이놈에 포장마차 때문에 우리 새끼들 운동회 한번 못 가봤어. 소풍 때도 지들이 다 도시락 싸 가고. 대학시험을 보러 가도 아침 밥, 뜨신 밥 한 번 못 먹이고 보냈다. 이놈에 포장마차 때문에. 허기야 우리 엄니도 우리한테 그랬지만 이게 뭐라고 대물려 내가 이 짓을 하고 있는지 모르겠다. 딸들은 커서 지 어미 팔자 닮는다고 그러더니만 옛말 틀린 게 하나 없어. 힘들어 죽겠다.

할머니 딸 엄마!

할머니 너도 이년아 공부 열심히 해. 니 엄마 고생하는 거 알면. 세상 고생 중에 공부고생이 젤 쉬운 거야. 너도 커서 엄마한테 이 포장마차 물려받을 테야? 정신 똑바로 차리고 공부 열심히 해. 딴 맘먹지 말고.

할머니 딸 알았어요. 그냥 엄마 힘드니까, 여기 때려치우면 안 돼? 응? 그냥 난 엄마가…… 난 엄마 여기 있는 거 정말 싫거든!!!

현재로 돌아온다. 조명, 음향이 불현듯 바뀐다. 할머니 딸은 다시 술집녀2가 되고, 샐맨은 누워 있다.

술꾼 나도 너가 싫어! 시끄러워 죽겠어…….

술집녀2 가만히 좀 있어봐 엄마 그래서? 그 다음은?

할머니 아이고 됐어, 그만해. 지나온 얘기 하면 뭘 해, 맘만 아프지.

술집녀2 아니 그래도 이야기 끝은 들어야 할 거 아니야, 근데 이 언니는 왜 화장실 가서 함흥차사래, 화장실에서 한참을 자고 온 사람도 여기 있구만. 그래서 엄마의 할머니 때부터 포장마차가 시작된 거야?

할머니 그때는 포장마차가 아니지. 그때는 그냥 여기가 주막집이라고 이쪽이 다 시장통이었으니까. 천막은 여기 쳐져 있었지만 그때는 먹을 것이 귀해서 먹는장사 하면 최고였지. 그리고 거기에 술까지 팔면 아주 대성황이지, 낮에는 국수 말아주고, 밤에는 술 팔고 그러니 나도 그때는 여기가 놀이터이자 집이었지, 지금은 일터지만. 그래 내가 어머니 살아계실 때 물어 봤어. 왜 이런 포장마차를 하게 됐냐고. 그러니 어머니 말씀이 천막 위에 떠 있는 달이 꼭 엄마 모습 같았대, 우리 엄마도 일찍 혼자되었거든. 내 별 이야기 다한다, 너 앉혀 놓고. 그때는 우리 엄마도 젊은 여자라고 얼마나 무시당하고 설움 당했는지 이렇게 나처럼 손관절이 다 휘어지도록 일을 하셨어. 그러니 우리 엄마도 나처럼 새끼들 운동회다 졸업장이다 입학식 엄두도 못 냈으니까. 그냥 사람들이 왁자지껄 맛난 음식 먹고 사람들 이야기하고 세상 이야기, 사는 이야기 하는 것이 좋았대. 그래서 하루도 안 쉬고 오시는 손님들 때문에, 언제 오실지 모르니까, 그냥 365일 문 열고 있는 거야. 지속적인 것에 대한 손님과의 약속이라나 옛날에는 그 말이 뭔 말인가 했는데 지금은 뭐 나도 그렇게 생각해 공공의 약속, 문을 열어 두어야 언제든 여기 와서 회포 풀고 갈 거 아니야. 그게 신뢰고 믿음 아니겠어. 혼자 생각만 하면 하루에도 열두 번 문 닫고 싶지. 근데 생각해 보면 남들 생각하다 우리 가족이 손해 본 게 너무 많아. 이놈에 포장마차…… 이놈에 포장마차…….

순간 일제 강점기 과거로 달아난다. 할머니가 할머니 엄마 역할을 하고 등에는 할머니를 업고 있다. 할머니 언니 역할은 여친이 대신한다. 사람들이 등장한다. 주막집이다. 여친은 테이블에 앉아 어머님에 어머니, 그 시대를 바라보고 있다가 할머니 호령으로 딸이 된다. 일제 말기다. 창씨개명을 한 사람들도 있고 한복을 입은 보부상도 있다. 테이블에 인텔리한 사람 (샐맨, 술꾼) 둘이 술 주사를 부리고 있다. 분주히 왁자지껄하는 주막.

샐맨 주모? 여기 탁배기 한잔 주쇼!

술꾼 하여간 이 형님은…… 주모 여기 참이슬 하나!

할머니 네…… (여친에게) 넌 뭘 하고 멍하고 서 있어, 장승도 아니면서 어서 손님 시킨 거 대령해 드리지 않고.

술집녀2 네? (과거로 들어간다) 네, 엄마. 어디?

할머니 탁배기! 저분 갖다드려!

보부상 들어온다. 노숙자 또 의아해 한다. 밖에서 안을 지켜보고 있다.

술집녀2 (보부상에게) 어서 오세요? 편하신 데 앉으세요!

할머니 어여, 빨리, 빨리 좀 움직여라, 애가 원 굼떠서 어디 다 써 먹니 널! 아이고, 쓸모없는 년! 속 터져 미치겠네. 어서 오세요? 빈자리 앉아요. 얘, 손님!

술집녀2 네.

할머니 주문 받고. 그리고 여기 설거지 좀 하고…….

보부상 국수 한 그릇 주오. 따끈하게, 한 움큼 뱃가죽 터지게 양 많이 주세요.

술집녀2 네. (노숙자 들어오다가) 어서…….

할머니 어서 오세요? 뭐야 저 거지새끼 또 왔네. 어여 안 나가! 얘?

술집녀2 네.

노숙자 할매? 뭐야? 손님 많네.

여친 (노숙자에게) 이쪽으로 앉으세요.

할머니 앉긴 어딜 앉아! 냄새가 진동을 하는구만. (동전 한 닢 던진다) 자, 이거 가지고 어여, 가. 손님도 많아 죽겠는데, 재수 없게. 어여, 안 나가!

술집녀2 네! 저기…… 죄송한데요, 다음에 오세요. 안녕히 가세요. (노숙자 나간다)

보부상 주모?

할머니 네. 가요. 갑니다. 얘!

술집녀2 네.

할머니 저기 가봐. 언능. 잰 누굴 닮아 그렇게 동작이 느린지 모르겠어, 지 언니들 반만이라도 닮았으면 원이 없겠네.

보부상 주모 여기 국수 빨리 줘요, 날 새기 전에 시간에 당도하려면 서둘러야 되요. 국수 하나 마는 것이 뭐가 이리 느린지 원. (신여성 들어온다)

신여성 (인텔리 옆에 앉는다) 이즈노 에코 씨, 술 좀 적당히 드세요.

샐맨 이게 누구십니까, 즈메르 하나꼬 씨?

신여성 저도 한 잔 주세요.

샐맨 그럼, 그럼, 그럼 마셔야지, 어지러운 세상, 우리 화병을 치유하는 것은 오직 이 탁배기밖에 없다. 부어라, 마셔라. 조센징이여 황국식민이 되거라!!! (마신다) 캬! 술이

창자를 휘돌아 이것저것을 잊게 한다. 대한독립…….

신여성 (샐맨의 입을 막는다, 주변을 살핀다) 그만, 그만 좀 하세요. 지금 이렇게 술에 취해 신세 한탄할 때 아니라고요. 지금.

샐맨 지금? 지금? 지금! 술 마시는 일 말고 할 수 있는 일이 뭐가 있습니까!

신여성 양민들과 농민들을 이유 없이 끌고 가 세균 생체실험을 하고, 마취도 없이 손을 묶어 놓고 해부를 당하고 있답니다. 항의하는 시민들을 무잡이로 체포해 재판도 없이 즉석에서 본보기로 처형하고, 이제는 더 이상 나라가, 나라가, 아닙니다. 나라님조차 아침에 일어나 조선신궁에 참배를 한답니다. 요람에서 무덤까지 감시와 굴욕을 당하고 있습니다.

갑자기 포장마차 안으로 옷이 다 찢어지고 머리가 다 풀어헤쳐진 채 헐레벌떡 한 어린 여자 아이가 뛰어 들어온다. 할머니 딸이다. 치마 음부 쪽에 피가 묻어 있다.

딸 엄니~~~~ 엄니~~~~~ (운다)

할머니 아니 이게 무슨 일이야, 너 왜 그래? 너 왜 그러냐구?

술집녀2 언니?!!!! (포장마차 안에 사람들 모두 놀란다)

할머니 이게 어떻게 된 일이냐고? 너 하얼빈으로 일하러 간다고 했잖아?!!

딸 (계속 울기만 하고 있다. 몸도 떨고 있다) 엄마, 엄마~~~~

포장마차 밖에 일본 순사와 일본 앞잡이가 죽창을 들고 등장해 있다. 일본 순사는 허리춤에 일본 칼을 차고 있다. 앞잡이는 할머니 아들이다. 완장도 차고 있다. 포장마차를 박차고 들어온다. 순간 정적. 기미가요 노래 멀리 흘러나온다.

아들 엄마! 누이는?

할머니 니 누이는 왜 찾니?

아들 아니, 누이가 도망을 쳤어. 그래서 찾으러 왔지. 여기 대일본제국의 취업 징집문이야

할머니 아니…… 얘…… 난 글도 모르는데…….

아들 누이 왜 그래? 빨리 와. 다른 사람들은 다 괜찮은데 왜 누이만 그래. 내일 바로 하얼빈으로 가야 하는데, 옷은 또 왜 그래? 싸웠어? 빨리 나와. 순사 화나면 여기도 다 없어질 수 있어. 빨리 가자? 응? 이리 나와? 나랑 같이 가자?

샐맨 잠깐만, 잠깐만!

아들 당신 뭐야? 이거 안 보여? 빠져있어!

아들은 누이가 피해 있는 곳으로 가, 누이를 부르고 있다.

샐맨 나는 대일본제국에 식민으로 황국신민서사도 다 외우고 있는 사람이다. 그런데 난 조센징, 아니 와따 시와 이즈노 에코 데스!!!!!

아들 그런데 왜 참견이야! 술이나 쳐드셔.

샐맨 너도, 나도, 니 누이도 조선 사람이야. 네가 지금 무슨 짓을 하고 있는 줄 알아?

아들 무슨 짓이라니? 대일본제국의 대업을 수행하는 중이야!

할머니 얘? 넌 손님한테 왜 그러니. 앉으세요. 저희 아들인데…… 죄송합니다. 드세요.

아들 (죽창으로 위협한다) 죽고 싶어? 창씨개명을 했으면 천황폐하께…….

할머니 (나선다) 아이고 이게 또 무슨 일이야?

샐맨 이 불알 없는 간신들아! 발정 난 수캐처럼 난리피지 말고 어서 썩 꺼져!

할머니 아니 얘…… 너 도대체 왜 이러냐고!

아들 엄마? 순사 말 잘 들어야 한다고, 조금만 있으면 순사가 땅도 주고 돈도 준다고 했다고, 누이도 가서 천황폐하께 충성을 다하면 우리 가족 다 잘 살 수 있다니까!

샐맨 역사를 기억하지 못하는 자. 분명히 그 역사는 반복될 것이다.

순사 조용히 해! (일본말로 한다)

아들 하이!

순사 소녀는 어디 있나!?

아들 저기 있습니다!

순사 데려와!

할머니 저기 순사양반, 아니 재가 일하러 간다고 했다가.

아들 엄마! 순사 말 잘 들어야 한다고 했잖아! 조금만 있으면…… 그냥 나만 믿어. 엄마. 응? 누이?!!

샐맨 그래도 이놈이!!!!!

신여성 (갑자기 일어선다) 잠시만요. 순진한 민족 강제로 나라 뺏고 그것도 모자라 꽃다운 청춘의 여인들을 잡아다가 성노예를 만들고 논밭에 일하는 여성들 붙잡아 주재소에서 강간을 하고 소리치면 양말로 입을 막고 죽창으로 배를 찌르고 온 몸에 문신을 새겨 평생을 도망을 못 치게 만들고.

할머니 아니. 손님 뭐라구요? 이게 무슨…… 다시 정확히 좀…….

신여성 아프고 병들면 시퍼런 못이 박힌 판에 올려놓고 사람을 굴리고 불덩이 쇠막대기로 여성의 음부를 파헤치고 배고픔에 허덕이면 인간의 살점을 떼어 가마솥에 끓여 먹이고 엄니 아부지 보고파 울라치면 본보기로 목 베어 마당에 걸어 놓고 그러고 나서도 니놈들이 사람이냐? 안 돼요, 할머니. 보내시면 안 돼요, 살아 돌아오지 못 할 거예요. 안 돼요!

할머니 잠시만요, 순사양반. 이 얘기가 사실이에요. 네? 아니 얘 언니들도 다 일하러 보냈는데. 비단 짜고 돈 벌게 해 준다고 하얼빈인가 하는 곳에 보내준다고, 근데 얘들한테도 여태 소식 하나 없고 돈도 안 보내오고 얘도 데려간다고요. 아니요, 앤 안 돼요. 여기 일도 바쁘고. 어린 것이 뭔 일을 한다고. 그러면 얘들 언니들은 또 어디서 어떻게 소식이라도 알려 줘야 할 거 아닙니까, 네?

순사 미친 조센징! (칼로 위협한다) 천황폐하의 명을 거역하겠다는 건가? (칼로 할머니 위협하려 한다) 야아압!

아들 엄마!!!!!! 야이 개새끼야!!! 아…… 스미마셍…… 오카상, 오카상…….

아들 순사 칼에 베인다.

할머니 개는 안 돼요. 제발! 제발! 순사양반 한번만 봐 주세요. 주먹만 한 저 어린 것을 또 어디로 데려간단 말입니까. 순사양반?

순사 빠가야로!!!

할머니도 칼에 베인다.

샐맨 개새끼야!!!!!! 이 땅에 하늘은 반드시 너희를 용서하지 않을 것이다.

샐맨, 순사 칼에 베인다.

샐맨 역사는 너희들을 꼭 기억할 것이다.

신여성 에코 씨!!?

신여성도 순사 칼에 베인다. 순사가 테이블 밑에 있는 딸을 웃으며 끌고 가려 한다.

할머니 걔는 안 돼요, 제발! 제발! 순사양반 한번만 봐 주세요. 주먹만 한 저 어린 것을 또 어디로 데려간단 말입니까. 순사양반? 순사양반? 그리 필요하시면 제가 대신 갈게요. 네? 저를 데려가란 말이에요. 여러분 도와주세요. 도와주세요. 죄송합니다. 죄송해요. 도와주세요…… 안 돼요…… 안 된다고!!!!! (포효한다)

딸 아아아아아아아악악!!!(포효한다)

딸, 애국가를 부르기 시작한다. 옛 애국가 음악이 만천하에 울려 퍼진다.

암전.

4장. 포장마차 마감

암전 속, 포장마차 할머니의 흥겨운 콧노래 소리가 무대를 채운다. 포장마차의 음식 요리 소리가 요란하게 들린다. 포장마차의 판타지가 나타난다.

할머니 딸 엄마~~~
아들 엄마~~~~
위안부 딸 엄마~~~~~~~
할머니 밥은? 국수 말아줄까?

포장마차 뒤로 저 멀리 도시의 풍경이 보인다.

손님들 이모~
할머니 어서 오세요!
손님들 할매!?
할머니 어서 오세요!
손님들 사장님!?
할머니 어서 오세요!
손님들 엄마!?
할머니 어서 오세요!!

조명은 할머니를 비춘다. 멀리 밤하늘 떠 있는 달을 물끄러미 바라본다.

술꾼 (손님들을 향해) 모두들 건배!!!!!!!! 대한민국 건배!!

암전.

幕.

한국 희곡 명작선 58
왜 그래

초판 1쇄 인쇄일 2021년 1월 10일
초판 1쇄 발행일 2021년 1월 20일

지 은 이 임창빈
만 든 이 이정옥
만 든 곳 평민사
서울시 은평구 수색로 340 〈202호〉
전화 : 02) 375-8571
팩스 : 02) 375-8573
http://blog.naver.com/pyung1976
이메일 pyung1976@naver.com
등록번호 25100-2015-000102호
ISBN 978-89-7115-756-5 03800
978-89-7115-663-6 (set)
정 가 6,000원

· 이 책은 사단법인 한국극작가협회와 아름다운 분들의 희망펀딩을 통해 출간되었습니다.